Vente du Jeudi 9 Juin 1892

HOTEL DROUOT, SALLE N° **5**

à 2 heures

TABLEAUX ANCIENS

Formant la Collection de M. X...

DE SUÈDE

EXPOSITION PUBLIQUE

LE MERCREDI 8 JUIN 1892

COMMISSAIRE-PRISEUR	EXPERT
Me PAUL CHEVALLIER	**M. Eug. FÉRAL, peintre**
10, rue de la Grange-Batelière	54, Faubourg-Montmartre

CATALOGUE

DE

TABLEAUX ANCIENS

COLLECTION DE M. X..

DE SUÈDE

TABLEAUX DE L'ÉCOLE HOLLANDAISE

Œuvre remarquable de Melchior de Hondekoeter

Beaux Paysages de Moucheron

ET AUTRES ŒUVRES DE

**Backhuysen, Bassan, Bloemen, Franck, B. Gael, Grief
Huysmans, Kalf, P. Neefs, Palamèdes, Rugendas, Wouverman, etc., etc.**

DONT LA VENTE AURA LIEU

HOTEL DROUOT, SALLE N° 5

Le Jeudi 9 Juin 1892

A DEUX HEURES

COMMISSAIRE-PRISEUR	EXPERT
M° **PAUL CHEVALLIER**	M. **EUG. FÉRAL**, peintre
10, rue de la Grange-Batelière, 10	54, rue du Faubourg-Montmartre, 54

Chez lesquels se trouve le présent catalogue

EXPOSITION PUBLIQUE

Le Mercredi 8 Juin 1892, de 1 h. à 5 h. 1/2

CONDITIONS DE LA VENTE

Elle sera faite au comptant.

Les Acquéreurs paieront *cinq pour cent* en sus du prix d'adjudication

Paris. — Imp. de l'Art. E. Ménard et Cie, 41, rue de la Victoire.

DÉSIGNATION

TABLEAUX ANCIENS

ALBANE
(Genre de)

1 — *Composition allégorique représentant une nymphe sur un char entourée d'amours.*

ANTHONISSEN

2 — *Berger et animaux au repos.*

ARTOIS
(J. VAN)

3 — *Paysage avec figures et animaux.*

BACKHUYSEN
(L.)

4 — *Marine hollandaise avec navires de guerre.*

Beau tableau, de forme ovale.

BAROCHIO
(Attribué au)

5 — *Le Repos de la Sainte Famille.*

BASSAN
(JACQUES)

6 — *La Reine de Saba aux pieds du roi Salo-*
mon.

Bon tableau de ce maître.

BÉLANGER
(LOUIS)

7 — *Ruines au bord d'un cours d'eau.*

Signé.

BÉLANGER
(L.)

8 — *Monuments en ruine.*

BLOEMEN
(PIERRE VAN)

9 — *Marche d'armée.*
Le Campement.

Deux pendants.

BOL
(FERDINAND)

10 — *Portrait d'enfant.*

BOL
(F.)

11 — *Portrait d'un officier.*

BRASCH
(W. J.)

12 — *Cerfs au bord d'une mare.*

Cerfs au repos.

Deux pendants.
Signés.

CORRÈGE
(Attribué à ALLEGRI, dit le)

13 — *Amours aiguisant leurs flèches.*

CORTONE
(Attribué à BERRETTINI, dit PIETRO DE)

14 — *Rebecca à la fontaine.*

DYCK
(D'après ANTOINE VAN)

15 — *Le Christ descendu de la croix.*

FIDANZA (?)

16 — *Paysages avec figures et animaux.*

> Deux pendants.

FRANCK
(CONSTANTIN)

17 — *Sainte Ursule et les Vierges martyres.*

> Importante composition.
> Peinture sur cuivre.

GAËL
(BÉRENT)

18 — *Villageois buvant et fumant à la porte d'un cabaret.*

> Bon tableau.
> Signé.

GRIFF

19 — *Gibier et fruits posés sur une table.*

GUASPRE POUSSIN

20 — *Paysage avec figures et animaux.*

HALS

(Genre de DIRCK)

21 — *Dames et gentilshommes dansant dans un intérieur.*

HEEM

(Attribué à D. de)

22 — *Fruits divers.*

Attachés par un ruban bleu et suspendus dans une niche.

HONDEKOETER

(MELCHIOR DE)

23 — *Combat de coqs.*

Œuvre importante de l'artiste, d'une remarquable finesse d'exécution et d'une conservation parfaite.

HONDIUS

(ABRAHAM)

24 — *Chiens poursuivant des oiseaux.*

HUYSMANS
(CORNEILLE), dit DE MALINES

25 — *Paysage montueux et accidenté, avec figures et animaux, au premier plan.*

KALF
(W.)

26 — *Objets divers :*

Un verre de Venise, un couteau à manche de nacre et un plat d'argent dans lequel sont des petits pains.

Fine et précieuse peinture sur bois.

KASKIEL
(PETERS)

(Deux pendants.)

27 — *Bords de rivière et monuments.*

Fins petits tableaux animés par une multitude de personnages.

KERTFURT

28 — *Chasseurs se disposant à partir pour la chasse au faucon.*

LEW
(VAN DER)

29 — *Animaux à l'abreuvoir.*

MOUCHERON

30 — *Paysage d'Italie.*

Au centre, des animaux se désaltèrent dans une
mare, sous la garde d'un berger.
Beau tableau de l'artiste.

MOUCHERON

31 — *Paysage avec rochers et chemin sinueux.*

Au centre, une construction avec tourelle.
Bon tableau de l'artiste.

NEEFS
(PETER)

32 — *Intérieur de la cathédrale d'Anvers.*

NETSCHER
(Attribué à GASPARD)

33 — *Le Duo.*

NEVEU

34 — *Chasseur au repos dans un paysage.*

Il tient son fusil et caresse son chien.
Bon tableau, d'une finesse remarquable.
Signé.

PALAMÈDES

35 — Dames et officiers faisant de la musique.

POUSSIN

(École du)

36 — Sujet biblique.

RUBENS

(École de P. P.)

37 — La Vierge, l'Enfant Jésus et sainte Anne.

Belle peinture.

RUGENDAS

38 — Chevaux conduits à l'abreuvoir.

Composition dans la manière de Wouverman.

RUGENDAS

39 — La Chasse au faucon.

ROOS DE FRANCFORT

40 — *Animaux au repos.*

Sous la garde d'une femme qui tient son enfant dans ses bras.

Animaux à une fontaine.

Fines peintures sur cuivre.
Deux pendants.

RYCKAERT
(DAVID DE)

41 — *Intérieur de cabaret.*

Au centre, une femme donne le sein à son enfant.

SACHI
(ANDRÉ)

42 — *La Vierge adorée par plusieurs saints personnages.*

SARTO
(Genre d'ANDREA DEL)

43 — *La Vierge, l'Enfant Jésus, saint Jean et des Anges.*

Belle peinture, d'une remarquable richesse de coloris.

SEEKATZ

(C.)

44 — *L'Adoration des bergers.*

> Belle composition, d'un joli effet de lumière.
> Signé en toutes lettres.

SEGHERS

(DANIEL)

45 — *Fleurs dans un vase de cristal posé sur une table.*

STEENWYCK

(Genre de)

46 — *Intérieur d'église.*

SWANEVELT

(HERMAN)

47 — *Paysage avec danse de bergers et animaux au repos, au premier plan.*

SWANEVELT

(Genre de H.)

48 — *Paysage avec bergers traversant un cours d'eau.*

TENIERS

(D'après D.)

49 — *Intérieur de corps de garde avec soldats jouant aux cartes.*

TINTORET

(Attribué au)

50 — *Tête d'ange.*

TITIEN

(D'après le)

51 — *Faunes et nymphes dansant.*

Au verso, un portrait d'homme.

VELDE

(D'après ADRIEN VAN DE)

52 — *Berger et animaux arrêtés devant une auberge.*

Tableau d'une remarquable finesse.

VÉRONÈSE

(Attribué à P.)

53 — *Sainte recevant l'inspiration du Saint-Esprit.*

WET

(Attribué à DE)

54 — *Anachorète secouru par des anges.*

Ce tableau porte une signature et la date 1697.

WOUVERMAN

(Genre de PH.)

55 — *Villageois ramassant du bois mort ; effet de neige.*

ECOLE FLAMANDE

56 — *Les Prisonniers.*

ECOLE HOLLANDAISE

57 — *Un Buveur.*

ECOLE HOLLANDAISE

58 — *Paysage avec traîneau et patineurs.*

ECOLE HOLLANDAISE

59 — *Canal glacé avec traîneau et nombreux patineurs.*

Panneau de forme ovale.

60 — Sous ce numéro qui pourra être divisé :

Neuf petites peintures sur cuivre : personnages vénitiens, hommes et femmes richement vêtus.

SUPPLÉMENT

BALEN
(J. VAN)

61 — *Nymphes chantant et jouant de divers instruments.*

Peinture sur cuivre.

DE DREUX
(ALFRED)

62 — *Chevaux blessés.*

Esquisse.

GRIMOUX

(ALEX.)

63 — *Portrait de jeune homme.*

Vu de profil et coiffé d'une toque avec plume.

ROBERT

(HUBERT)

64 — *Église en ruines.*

Très bon tableau, animé par diverses figures, parmi lesquelles on voit l'artiste debout sur la gauche, tenant un portefeuille sous le bras.

LAIRESSE

(GÉRARD de)

65 — *L'Ivresse de Bacchus.*

LINGELBACH

66 — *Paysans italiens prenant leur repas.*

MAAS

(DIRCK)

67 — *Cavaliers à la cantine.*

METZU

(Genre de GABRIEL)

68 — *La Ménagère hollandaise.*

Bonne peinture, dans un cadre sculpté.

NEEFS

(PETER)

69 — *Intérieur de la cathédrale d'Anvers.*

Fin petit tableau.
Signé.

NEUVILLE

(A. de)

70 — *Cheval mort.*

Étude.

POUSSIN

(École de NICOLAS)

71 — *Sujets bibliques.*

Intéressants tableaux dans de riches cadres en
bois sculpté.
Deux pendants.

ECOLE FLAMANDE

(XVIᵉ siècle)

72 — *Triptyque représentant l'Adoration des Mages.*

ECOLE FLAMANDE

(XVIᵉ siècle)

73 — *L'Adoration des Mages.*

ECOLE FRANÇAISE

74 — *Portrait de femme.*

Vue jusqu'à la ceinture, coiffée d'un bonnet de dentelles, un voile en soie noire sur la tête.
Bon portrait, dans un riche cadre sculpté.

ECOLE FRANÇAISE

75 — *Portrait allégorique de jeune femme en chasseresse, tenant un arc et caressant un chien.*

Toile ovale, dans un cadre sculpté.

76 — Deux gravures :

La Bonne Mère et le Serment d'amour.

Gravures anciennes, d'après Fragonard.